Sylvain FRANÇOIS

LA FAÇADE DE
NOTRE-DAME DE PARIS

(ETUDES D'ART)

BRUXELLES & PARIS

LIBRAIRIE NATIONALE D'ART ET D'HISTOIRE

G. VAN OEST & Cie

C'est l'œuvre de Notre-Dame
qui ne finit jamais.

LA FAÇADE

DE

NOTRE-DAME DE PARIS

ÉTUDE D'ART

PAR

Sylvain FRANÇOIS

Vicaire à Saint-Boniface d'Ixelles-Bruxelles

G. VAN OEST & Cie
ÉDITEURS
BRUXELLES   PARIS

ART GOTHIQUE — FRANCE

XIIᶜ et XIIIᵉ siècles

ÉTUDE ILLUSTRÉE

———

FAÇADE DE NOTRE-DAME DE PARIS

La Cathédrale
de Notre-Dame

« On entend souvent demander quelle est la plus belle des cathédrales gothiques ? Il serait oiseux de répondre à cette question. Chacune de ces vastes créations a ses beautés propres, son individualité, et les préférences en si complexe matière, sont affaire de goût et de tempérament. *Paris et Reims ont la splendeur de leurs façades, leurs merveilleuses sculptures ;* Amiens et Bourges, leurs nefs sans pareilles, et Bourges encore, sa crypte unique ; Chartres, ses vitraux, ses clochers, ses porches, et l'extrême originalité de tous ses détails ; Rouen, l'immense variété de ses dispositions accessoires ; le Mans, son chœur prodigieux ; Coutances, l'unité de son jet et cette lanterne hardie que Vauban lui-même ne se lassait pas d'admirer. De tout cela, l'esprit peut composer la cathédrale idéale que ni le temps ni les ressources n'ont permis de réaliser intégralement. » (1)

---

(1) *Louis Gonse*, membre du Conseil supérieur des Beaux-Arts et du Conseil des Musées Nationaux de France.

L'historique

Sur l'emplacement d'une sorte de temple, signalé déjà comme existant au premier siècle de notre ère, élevé à Jupiter par les bateliers (nautes) parisiens, à la pointe orientale de *l'île de la Cité,* — les chrétiens à leur tour construisirent une basilique pareillement indiquée comme existante avant la fin du IVe siècle. Elle fut réédifiée deux cents ans plus tard, en 522, par Childéric I, sous l'invocation de saint Etienne, et restaurée par Dagobert I vraisemblablement (VIIe siècle).

Par la suite, grâce sans doute à la munificence de ce même roi Dagobert, connu dans l'histoire comme un protecteur des églises, un autre temple s'éleva tout proche du premier, « et ce sont ces deux édifices dédiés l'un à saint Etienne et l'autre à sainte Marie ou Notre-Dame, qui constituèrent la première cathédrale de Paris ».

Ce qui est certain, c'est que l'évêque de Paris, Maurice de Sully (1160-1196), résolut de reconstruire sa cathédrale, dans les vastes proportions, à peu près, qui nous étonnent aujourd'hui.

La première pierre en fut posée, en 1163, par le pape Alexandre III, réfugié alors en France, et par le roi Louis VII.

A la fin du siècle, l'édifice était sans doute déjà livré au culte, car le maître-autel fut consacré en 1182, par Henri, légat du saint-siège, et, en 1185, Héraclius, patriarche de Jérusalem, venu à Paris pour prêcher une troisième croisade, officia solennellement dans le chœur. « Cependant ce n'est qu'en 1257, que fut construit le charmant portail du sud faisant face à la montagne Sainte-Geneviève.

» Le monument appartient donc aux deux premières périodes du style gothique, le *lancéolé* de Philippe Auguste et le *rayonnant* de saint Louis ; il en est un des plus remarquables spécimens ».

NOTRE-DAME DE PARIS

VUE EXTÉRIEURE DE L'ABSIDE DE LA CATHÉDRALE

L'Analyse

E n face de quelque merveilleux monument comme devant un panorama splendide, c'est presqu'aussi contradictoire à la notion d'une analyse, de s'appliquer à comprendre tout l'ensemble, que de vouloir embrasser l'espace entier qu'on voit à vol d'oiseau.

L'analyse circonscrit et rétrécit l'étendue, de même elle fend et dissèque la masse. Son objet est isolé et restreint, de même il est un et individu. Mais elle retourne encore ou décompose encore l'objet qu'elle abstrait, lorsqu'elle l'examine en lui-même. Sur une face ou sur un élément, son observation se concentre pleinement.

S'agit-il de quelqu'édifice de l'art, telle Notre-Dame de Paris, elle le dévisage en une de ses façades.

Elle contourne d'abord le profil, notant les saillies, les creux, les inclinaisons, et à distance, observe la perspective et les nuances. Puis elle s'approche, s'engage à fond dans le dédale des sinuosités sculptées par le ciselet ; tour à tour, la multiplicité et la variété des détails, la pureté de l'exécution, la richesse de l'ornementation, la beauté des matériaux frappent et fixent son attention.

Cependant une œuvre nouvelle, de l'esprit, s'édifie en regard du chef-d'œuvre de pierre : c'est le jugement établi par l'analyse, et s'extériorise-t-il finalement en une étude littéraire, celle-ci à son tour est livrée aux estimations de la critique, fondée quand elle est vraie, et considérable quand elle est juste.

Or, Notre-Dame a sa nef et son merveilleux transept, ses portails latéraux remarquables, déterminément celui du sud orné de belles pentures en fer forgé du XIIIe siècle (restaurées). Elle dresse la superbe flèche de son transept, haute de 45 mètres, reconstruite en 1859 : c'est l'œuvre entièrement personnelle de Viollet-le-Duc, considérée comme un pastiche très réussi, au point même de sembler un original.

Elle montre son chevet, admirable de légèreté et d'élégance, avec ses fenêtres à frontons et ses arcs-boutants d'une grande hardiesse. Mais entre toutes, la plus belle partie de Notre-Dame, une de celles qu'on pourrait faire rentrer dans le plan rêvé de l'édification d'une cathédrale idéale, c'est sa façade monumentale exposée vers la place du Parvis.

On a rangé Notre-Dame parmi les édifices de second ordre, et l'on a composé des dithyrambes pour la célébrer. J'estime que la critique... passionnelle d'un prodigieux confident de la Mystique (1) a détracté, et le romantisme (2) devait, évidemment, hyperboliser avec enthousiasme les mérites d'un admirable monument, renouvelé, c'est vrai, dans la plupart de ses ouvrages de sculpture, mais conservé heureusement entier et demeuré immuablement imposant en les proportions et la splendeur de son architecture.

La façade de Notre-Dame

Achevée au commencement du XIIIe siècle, sous l'épiscopat de Pierre de Nemours, qui gouverna le diocèse de Paris, depuis 1208 jusqu'à 1219, est dans son genre la plus ancienne. Dans la suite, elle a servi de modèle pour beaucoup de façades d'églises, dans le Nord-Est de la France.

(1) La Cathédrale.
(2) Victor Hugo.

Pl. II

NOTRE-DAME DE PARIS

FAÇADE

Phot. Neurdein.

Impressions

« Il est, à coup sûr, peu de plus belles pages architecturales ». Quand on regarde la façade de Notre-Dame dans une vision qui l'abstrait de son cadre et la situe en une zone supra terrestre, comme une forme d'apparition, une idée simple se détache spontanément de cette vaste composition artistique, et l'image s'offre, captivante d'emblée par une physionomie naturelle, sans affectation, régulière, constituée d'harmonie. Dans la pureté et la netteté caractéristiques des traits, sont apparentes la concordance et l'unité (1).

C'est la *pureté* des lignes horizontales, perpendiculaires, parallèles finement tracées; c'est la *netteté* de toute la figure rectangulaire et des reliefs architecturaux des divisions tranchant la masse; puis entre des parties ingénieusement disposées, aux proportions symétriquement calculées, il y a la *concordance* vers cette *unité* qui règne partout et s'accuse, notamment dans la façade du portail, jusqu'en les moindres profils des moulures.

Mais, rétablie dans son milieu, — sur un sol considérablement exhaussé, — aperçue des lointains d'un parvis devenu une Place dont la spaciosité abaisse la perspective, — ou toisée dans son élévation par les hautes maisons avoisinantes qui remplacent les petites habitations

---

(1) « C'est au milieu du jour, par un beau soleil d'été, lorsque les saillies sont accusées par des ombres vigoureuses, ou le matin lorsque la majesté des lignes s'estompe dans la brune, qu'il faut contempler la façade de Notre-Dame. On connaît l'importance de l'éclairage pour les monuments ».

L. G.

Maurice Dessertenne, l'artiste parisien qui a dessiné les beaux chromos de verrières du *Nouveau Larousse illustré*, et la grande rose ornementale, chromotypographiée, de notre ouvrage, nous engage à noter l'effet de Notre-Dame, en belle vue aussi dans un décor d'hiver, quand elle est sous la neige. Une dentelle blanche en montre, alors, merveilleusement les grandes lignes d'architecture, qu'elle suit de ses fils ténus. Le gothique qui trace le dessin de fond de cette parure si fine, apparaît bien, ainsi comme le style par excellence des pays du Nord.

Le spectacle présente, certainement, des aperçus remarquables pour l'archéologue. C'est surtout une pensée, très délicate, qu'il suffit de consigner pour embellir poétiquement cette page.

d'autrefois, — puis encore limitée dans l'air, comme au cordeau, par la ligne de ses deux noires et massives tours sans flèches, — nous trouvons la façade, d'aspect, un peu lourde et écrasée.

Assurément, c'est le résultat partiel de circonstances que les architectes ne pouvaient guère prévoir, comme « cette marée montante du pavé de Paris » dévorant une à une les onze marches qui exhaussaient jadis l'édifice, ajoutaient à sa hauteur majestueuse. Mais en une chose, le temps rendit à l'église plus peut-être qu'il ne lui ôta; car étalant peu à peu sa patine, il répandit sur la façade cette sombre couleur des siècles, qui « fait de la vieillesse des monuments l'âge de leur beauté ».

Et « d'autre part », note J.-K. Huysmans, « les cathédrales étaient faites pour être vues dans un cadre que l'on a détruit, dans un milieu qui n'est plus; elles étaient entourées de maisons dont l'allure s'accordait avec la leur; aujourd'hui elles sont ceinturées de casernes à cinq étages, de pénitenciers mornes, ignobles; — et partout, on les dégage, alors qu'elles n'ont jamais été bâties pour se dresser, isolées sur des places; c'est de tous les côtés, l'insens le plus parfait de l'ambiance dans laquelle elles furent élevées, de l'atmosphère dans laquelle elles vécurent; certains détails, qui nous semblent inexplicables dans quelques-uns de ces édifices, étaient sans doute nécessités par la forme, par les besoins des alentours ».

Ménageons la susceptibilité d'admirateurs, qui sont, à les entendre, absolus, — ils auront considéré l'abstrait surfait poétiquement, et moins le concret qui sollicite d'être *jugé* par l'*analyse*, tel qu'il est,... différent, perfectible, inévitablement modifié.

Disons que la façade offre un aspect imposant, avec, en elle, l'expression « d'une force, nécessaire à un grand bâtiment, relevée et non dissimulée par les ornements », et convenons avec un vieil historien que c'est une masse inspirant la terreur », *mole sua terrorem incutit spectantibus.*

Toutefois, combien soigneusement nous retenons-nous d'urger jusqu'à l'extrême dans le sens du difficultueux et dur écrivain trouvant que « les tours de Notre-Dame de Paris sont mastoques et sombres, presque éléphantes : fendues dans toute leur longueur de pénibles baies; se hissent avec lenteur et pesamment s'arrêtent; paraissent accablées par le poids des péchés, retenues par le vice de la ville au sol; que l'effort de leur ascension se sent, et la tristesse vient à contempler ces masses captives que navre encore la couleur désolée des abat-sons ».

En vérité, n'est-ce pas là une vision? Malheureusement... l'injustice comme l'erreur y dessinent quelques ombres.

C'est l'âme humaine qu'une imagination mystique a portraicturée ainsi. Une sensation continuée, avivée, l'a revue telle qu'elle était dans l'âme d'un monument formellement déprécié. Voilà l'image lapidaire devenue la douloureuse incarnation d'un esprit accablé, appesanti, désolé.

L'erreur est profonde en une pareille fiction, elle est générale à tout un système de critique. C'est au fond, une conception kantiste fausse, celle qui sape la thèse philosophique de l'objectivité du Beau et de sa propriété d'absolu.

Donc, le Beau, *ratio pulchri*, se réduirait à quelque chose de subjectif ou une relativité; il serait perpétuellement variable; il deviendrait, au gré des voyants ou d'après les points de vue, susceptible de perdre sa grâce et de muer en un être laid!

Mais, l'injustice est notoire dans les procédés de l'imagination qui déforme, sans merci, une entité artistique à la ressemblance de la misère même d'une âme humaine.

Détail : PORTAILS, GALERIES

La façade a un développement de 40 mètres (1), une hauteur de 70 mètres (2). Verticalement, elle est divisée par des contreforts en trois formes principales. Elle présente, horizontalement, trois étages bien distincts, sans compter celui des tours. Au bas, trois portes s'ouvrent dans trois baies encadrées de belles voussures ogivales dont les sculptures, en tant qu'elles n'ont pas été détruites à la Révolution, sont des productions intéressantes du commencement de l'époque gothique :

1° La porte du centre, dite « du Jugement », à cause des représentations sculpturales du portail;

2° Celle de gauche qui sert ordinairement d'entrée, liturgiquement consacrée à la sainte Vierge, dite « de la Vierge ».

Dédié à la patronne principale de Paris par les légendes de son tympan, qu'orne, dans l'ogive (3), un grand couronnement de la Vierge, et dont les décorations charmantes furent ciselées *con amore*, surtout dans la scène de l'Ensevelissement de la Mère du Christ, ce portail est un vrai chef-d'œuvre du genre.

3° Celle de droite, dite « de sainte Anne », aux sculptures relatives à cette sainte.

---

(1) Quatre mètres de plus ajoutés, de part et d'autre, aux côtés, lui donneraient la propre dimension en longueur du transept même (48 mètres).

(2) Approximativement. Soit un peu plus (5 ou 7 mètres) de la moitié de la longueur totale dans œuvre (127 mètres).

Interrogé sur la raison d'être des notes (1) et (2), nous demanderions si, dans un art qui n'abandonnait rien à l'arbitraire ou à l'imprévu, *une loi précise* ne mesurait pas non plus le développement des grandes façades gothiques, l'ascension infinie de leurs tours; l'observation des rapports qu'ont entr'elles, leurs étonnantes proportions quand elles arrivent à un plein épanouissement, et les mesures correspondantes dans œuvre même, nous la ferait soupçonner. Notre remarque se rattache, par sa tendance, à une démonstration (1°) du *Jugement* final.

(3) Par ce détail, nous différencions cette porte de la délicieuse petite porte latérale, côté nord du chœur, dite « la Porte Rouge », ornée en son tympan d'un *petit couronnement de la Vierge* analogue, mais celui-ci est différent du *grand couronnement de la Vierge*, le chef-d'œuvre de sculpture qui décore la porte de gauche de la façade (la porte de la Vierge). Cette analogie, il faut le supposer, a produit, ailleurs, une confusion dans l'appellation des portes, fâcheuse assez pour qu'elle soit signalée.

Pl. III

NOTRE-DAME DE PARIS

PORTAIL

Au-dessus de ses trois portails, Notre-Dame présente deux galeries superposées, qu'on a comparées à « un cordon brodé et dentelé », — d'une décoration fort riche et d'un effet parfaitement entendu.

La première galerie, celle régnant immédiatement au-dessus des portails, la *galerie des Rois*, constitue un véritable portique, dont les entre-colonnements, formant niche dans leur écartement, sont remplis de statues colossales. Celles-ci au nombre de 28, refaites au XIXᵉ siècle, représentent des rois d'Israël et de Juda, devenus les prototypes, dans la figuration symbolique, des vingt-huit plus anciens rois de France, dont la série, à partir de Childebert jusqu'à Philippe-Auguste tenant en main la pomme impériale, les précéda dans les mêmes places; car la révolution, née et fomentée à Paris, frappa aussi, assurément plus rudement ici qu'ailleurs, aux portes de la basilique : elle broya (1) autels, statues, images, tombeaux. Le sanctuaire profané fut, durant l'année révolutionnaire 1793-1794, le temple d'orgies de la déesse « Raison », qu'avait figurée Mˡˡᵉ Maillard, une actrice de l'Opéra. Aujourd'hui la façade, dont la restauration s'exécuta sous l'habile direction des érudits architectes Lassus, Viollet-le-Duc et Bœswillwald, a repris son aspect primitif; les statues des rois, les statuettes des martyrs, des évêques, des docteurs, des vierges sont remontées sur les socles, d'où le fanatisme les avait précipitées : ainsi la série inférieure de statues qui occupait les niches des trois portails, et la série supérieure qui garnissait la galerie du premier étage, se trouvent reconstituées avec des spécimens de la sculpture moderne conçus, il est vrai, dans un esprit nouveau.

Après l'œuvre de restauration si grandement accomplie, aussi

---

(1) Une colossale statue de saint Christophe, érigée au XVᵉ siècle, saillait naguère, c'est-à-dire avant la révolution, à l'entrée intérieure de Notre-Dame. Elle avait été exécutée aux frais d'Antoine des Essarts, en reconnaissance pour la grâce d'avoir échappé au supplice auquel avait succombé son frère, Pierre des Essarts, le célèbre prévôt de Paris. Celui-ci, engagé dans les violentes querelles d'Armagnac et de Bourgogne, après avoir décapité Jean de Montagu, son prédécesseur, à son tour avait été décapité, aux halles. « On peut juger de l'excès de la frayeur du donateur, écrit l'historien Villard, par l'énormité de l'ex-voto ». Cette statue fut détruite en 1784 ; elle avait environ huit mètres de hauteur.

complètement qu'il fut possible, le grief formulé, jadis (1831), à l'adresse des architectes et des artistes, d'avoir taillé, au beau milieu du portail central, cette ogive neuve et bâtarde, d'avoir osé y encadrer cette fade et lourde porte de bois sculptée à la Louis XV, à côté d'arabesques de Biscornet, c'est devenu un... anachronisme.

Mais quel diagnostic porter sur la systématique critique, pour laquelle Notre-Dame restaurée par les architectes et archéologues Lassus, Viollet-le-Duc, Bœswillwald, ou le très érudit sculpteur Geoffroi Dechaume, se trouve être « rafistolée et retapée de fond en comble, avoir des sculptures rapiécées quand elles ne sont pas toutes modernes ». Ces derniers mots, tels des symptômes, accusent une nostalgie de l'ancien, caractéristique de l'antipathie éprouvée pour tout ce qui est restauration et production nouvelle.

Que n'a-t-on pu ressusciter de leur sommeil éternel les « maîtres de pierre », leur faire reproduire les créations anéanties, et les charger eux-mêmes de la réparation de leurs originaux ! Ou bien, fallait-il laisser les années achever l'ouvrage des hommes et créer des ruines historiques au centre de Paris.

La galerie des rois concourt à la fois au service et à la décoration.

La seconde galerie, celle de la *Vierge*, est découverte et munie d'une balustrade, au-dessus de laquelle, au milieu, placée sous la rose, est une Vierge, accompagnée de deux anges, portant des flambeaux. A droite et à gauche des statues d'Adam et d'Eve.

Par cette double galerie se termine le premier étage.

Sculpture

Nous intercalons un aperçu succinct sur l'évolution historique de la sculpture gothique en France, à la fin du XIIe siècle et au XIIIe siècle.

Pl. IV

Phot. Nourdein.

NOTRE-DAME DE PARIS
PORTE DU JUGEMENT
(Restauration de Viollet-le-Duc)

Pl. V

Pl. VI

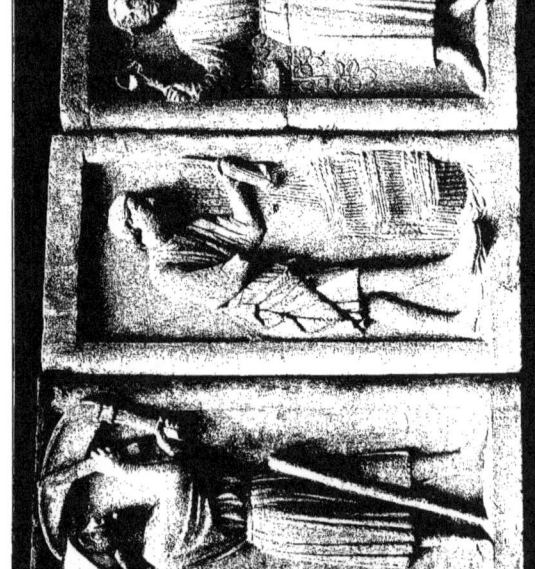

NOTRE-DAME DE PARIS

Dans l'organisation des corporations laïques de métiers, les communes ne faisaient que suivre l'exemple donné par les établissements religieux. Les grandes abbayes, et même les prieurés, avaient, depuis le VIIIe siècle, établi autour de leurs cloîtres et dans l'enceinte de leurs domaines, des ateliers de corroyeurs, de charpentiers, menuisiers, ferronniers, cimenteurs, d'orfèvres, de sculpteurs, de peintres, de copistes, etc.

Ces ateliers, quoiqu'ils fussent composés indistinctement de clercs et de laïcs, étaient soumis à une discipline, et le travail était méthodique; c'était par l'apprentissage que se perpétuait l'enseignement; chaque établissement religieux présentait ainsi un véritable petit état, renfermant dans son sein tous ses moyens d'existence, ses chefs, ses propriétaires-cultivateurs, son industrie, et ne dépendant par le fait que de son propre gouvernement, sous la suprématie du souverain-pontife. Cet exemple profitait aux communes qui avaient soif d'ordre et d'indépendance en même temps. En changeant de centre, les arts et les métiers ne changèrent pas brusquement de direction; si les ateliers se forment en dehors des monastères, ils étaient organisés d'après les mêmes principes; l'esprit séculier seulement y apportait un nouvel élément très actif, il est vrai, mais procédant de la même manière, par l'association, et par une sorte de solidarité.

VIOLLET-LE-DUC : *Dictionnaire de l'architecture française*, t. I, p. 128.

Il fournit pour l'étude des types anciens de sculpture, qui se retrouvent encore à la façade de Notre-Dame, et surtout dans ses admirables portails, quelques intéressantes données particulièrement utiles à se remettre en mémoire.

En des œuvres exécutées à l'atelier, sans ordonnance comme sans cohérence : enseignes bizarres peuplant les cités, statues d'église ou statues tombales, ornements et figures symboliques couvrant églises, édifices, maisons, indifféremment, les « imagiers » émiettaient encore, étrangèrement à tout programme, une sculpture qui plus tard fournirait à leur survivance dans la corporation, des motifs de décor répandus à profusion. Les « imagiers-tailleurs » créeraient, au dernier âge du gothique, le style connu sous le nom de *gothique fleuri*, d'un travail refouillé et délicat, souvent confus et inextricable.

Cependant des écoles régionales — les éléments ethniques et géographiques jouèrent un rôle prépondérant dans leur constitution — localisaient en elles, la sculpture nouvelle en travail pour se dégager librement des traditions byzantines transmises dans le roman, et pour se procréer en un type personnellement original, le style gothique.

Alors cinq écoles, fortement unies dans leurs principes essentiels, bien que nettement diversifiées par l'individualité propre de leurs manières, effectuèrent un draînage énergique sous la poussée de l'évolution architecturale, en faveur de l'unité plastique.

« Ces écoles correspondent aux cinq centres primordiaux de l'art gothique, on les a nommées : ce sont les écoles de Picardie, de Bourgogne, de Champagne, l'Ecole Chartraine et l'Ecole Parisienne.

» L'évolution commencée avec l'ornement, se poursuit dans le rendu de la figure humaine et c'est par la figure humaine que seront particularisées, à partir du règne de Louis le Gros, les cinq grandes écoles du domaine royal. C'est l'école Chartraine qui ouvre la marche ; c'est elle qui est la véritable initiatrice ; elle sert à la fois de conclusion à la phase hiératique et de point de départ au magnifique essor de la phase idéaliste ».

De s'essayer à comparer ces écoles par leurs principaux chefs-d'œuvre de sculpture, serait un bien fin travail qui deviendrait aisément malaisé, si l'on ambitionnait de fixer, en la matière, un jugement final absolu. Chacune d'elles détient, dans son genre, le record d'une supériorité propre et indivisible.

Toutes, elles atteignirent l'apogée d'une splendeur idéale, je veux dire un point de perfection qu'elles ne pouvaient dépasser, puisque l'art exprima adéquatement dans leurs œuvres leur sublime conception.

Comme à la clôture de quelque brillante joute du moyen âge, vers qui incliner ses préférences et à qui présenter le prix ?

« L'*Ecole chartraine* se distingue par une sorte de puissance calme, un peu hiératique, encore alliée à la plus grande finesse ; les qualités de la première époque nous les retrouvons dans les somptueuses compositions des portails latéraux de la cathédrale de Chartres.

L'*Ecole de la Champagne* a pour elle la force de l'expression, de l'originalité du style ; les grandes figures des portraits de la façade de Notre-Dame de Reims, avec les anges des contreforts, et certaines parties de la décoration intérieure sont peut-être ce que l'art gothique a produit de plus saisissant, de plus noble et de plus vraiment humain.

Celle de *Picardie* est moins habile, moins expressive, mais elle est plus architecturale et plus entendue dans la composition des masses; les poèmes de pierre des cinq portails d'Amiens resteront inégalés pour la splendeur des idées et la richesse de leurs développements.

A la *Bourgogne,* pays des fins et beaux matériaux, appartiennent les factures puissantes, énergiques, les coups de ciseau généreux, supérieurs dans l'exécution du détail, ainsi que le proclament les précieuses iconographies de Sens, d'Auxerre, de Vézelay.

Quant à l'École de l'*Ile de France,* elle semble réunir, en harmonieux faisceau, les qualités des autres, en les surpassant par la pureté des

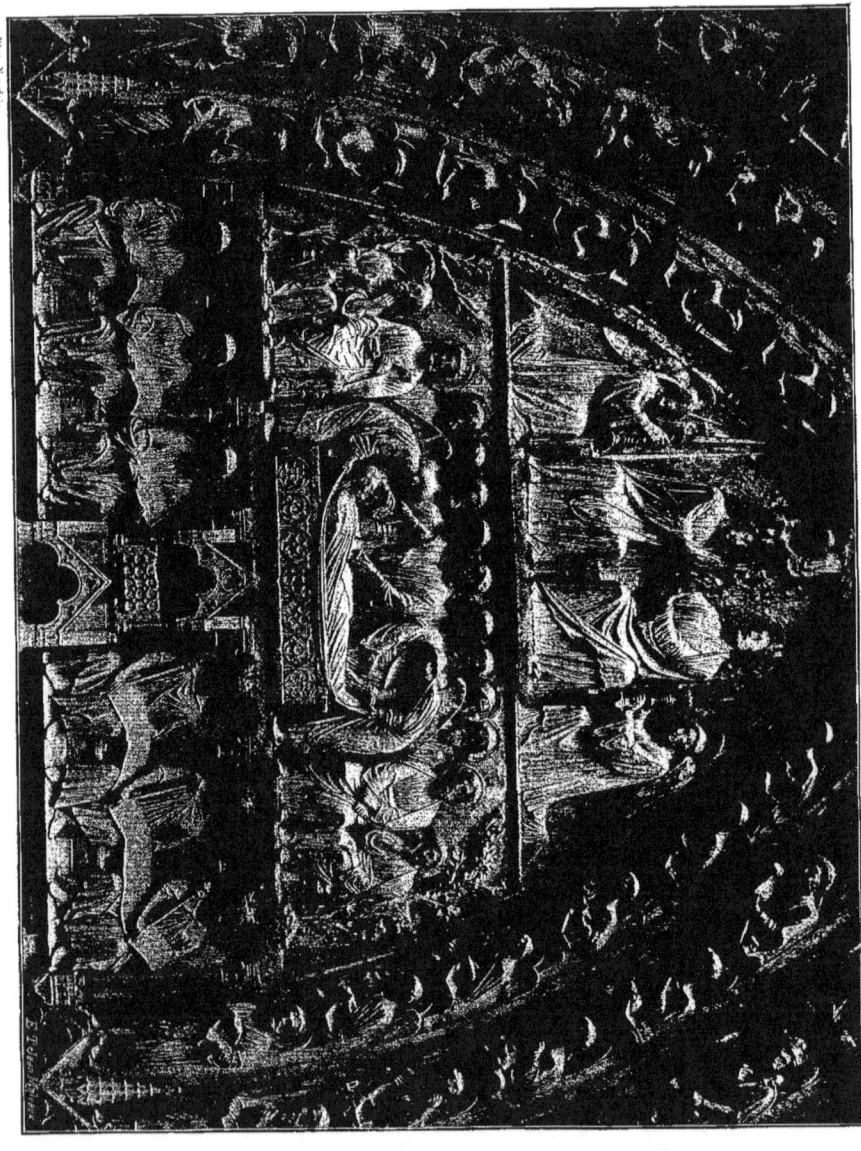

NOTRE-DAME DE PARIS

TYMPAN DE LA PORTE DE LA VIERGE

formes et l'élévation du goût, l'élégance et la délicatesse de la pratique. *La porte de la Vierge, à Notre-Dame de Paris, qui a le mérite d'être demeurée absolument à l'abri de toute mutilation, est, tout bien pesé, le chef-d'œuvre de la statuaire gothique et un chef-d'œuvre de l'art de tous les temps.* » L. G.

Ainsi donc, l'École parisienne, qui paraît être plus finie et plus complète, excellerait au premier rang entre ses rivales.

Tympan de la porte principale

On a conservé sur les légendes décoratives de la porte principale de Notre-Dame une description, détaillée avec dévotion, composée à une date qui se rapproche, d'assez près, du siècle même de l'achèvement de la façade. C'est un passage curieux, extrait d'une relation de voyage d'un évêque d'Arménie, visitant Paris, sous le règne de Charles VIII, entre les années 1489-1498.

A cette description historique, on se prend à rêver du lustre précieux qui s'irradiait autrefois de la psychostasie du portail de Notre-Dame. « A Paris, les sculptures s'enlevaient sur un fond d'or; on en aperçoit encore les traces au tympan de la porte centrale ». (1)

« La grande église », dit notre prélat voyager, « est spacieuse et si admirable qu'il est impossible à la langue d'un homme de la décrire. Elle a trois grandes portes tournées du côté du couchant. Entre les deux battants de la porte du milieu le Christ est représenté debout.

C'est adossé au trumeau, le beau Christ refait par Geoffroy Dechaume.

» Au-dessus de cette porte est le Christ présidant au jugement dernier; Il est assis sur un trône d'or et tout garni d'ornements en or plaqué. Deux anges sont debout à droite et à gauche; l'ange à droite est chargé de la colonne à laquelle on attacha le Sauveur, et de la lance avec

---

(1) « Les portails de Reims, de Paris, d'Amiens et de Bourges étaient rehaussés de couleurs et de dorures ». Louis Gonse, *L'Art gothique*, Chap. XI, p. 361.

laquelle on lui perça le côté; l'ange qui est debout à gauche porte la sainte Croix. Du côté droit est la sainte Mère de Dieu agenouillée, et de l'autre côté saint Jean et saint Étienne.

Formé de cinq figures, tel que nous le voyons dans l'ogive du tympan, c'est le groupe du Christ en gloire conjuré par la Vierge et saint Jean, assisté par deux anges, dont celui, à la droite, portant la lance et des clous, révélant des perfections d'essence angélique sous des formes humaines, nobles, esthétiques et pures, de port, de vêture et de traits, création de calme beauté et de juste ordonnance, est un chef-d'œuvre de la sculpture française du XIIIe siècle.

Deux bandeaux déroulent, sur l'autre moitié du tympan, l'allégorie et l'épilogue du dernier jugement.

Bandeau supérieur.
Compartiment de droite.

» Dans la voussure, sont les archanges, les anges et tous les saints.

Tandis qu'un groupe d'élus s'avance à droite, une suite de saints couronnés s'attardent vers l'archange du jugement, à exprimer en des ports uniformes de têtes extatiquement renversées et des gestes variés leur gratitude ou leur félicité.

» Un ange *préside au milieu; le saint Michel, ange du jugement, aux ailes* déployées, tient une balance, à l'aide de laquelle il pèse *les âmes; par celles-ci sont symbolisés* les péchés et les bonnes actions des hommes — *dans le bassin s'inclinant à droite, est un enfant qui croise les bras.*

Compartiment de gauche.

» A la gauche, mais un peu plus bas, on voit Satan, — *si ce n'est lui, c'est quelque monstre de l'espèce, et l'un de ses premiers acolytes, l'hirsute et bicorne démon qui est au bas, un peu au-dessus des pieds de l'archange, aux bras s'arquant en levier, tirant de ses mains crispées, par la jambe, à lui, le pêcheur, hors du bassin de gauche qui emporte dans l'air un poids de mérites insuffisant,* et l'on voit tous les démons qui composent sa suite, — *dont un accapare l'âme damnée: n'est-ce pas le Très-Bas, ce grand diable, à la face camuse,... avec sa queue s'ouvrant par l'extrémité en mâchoire de serpent; — dont un autre, gardien circonspect, à la tête de bouc, redressé par l'attellement sur ses pattes fourchues, entraîne à l'extrémité opposée, après lui, par la chaîne qui les encercle, la lamentable troupe de pêcheurs, hommes et femmes, évêques et*

Pl. VIII

NOTRE-DAME DE PARIS

LE JUGEMENT DERNIER

Ed. Honiosnar, éditeur - Paris, 35, av. de l'Opéra.

rois, laïcs et moines, vers des gouffres éternels, tandis qu'un troisième monstre,
à rictus de faune et à oreilles d'âne, presse courtoisement à l'arrière en appli-
quant des mains aux longs doigts crochus; — ils conduisent les pécheurs,
chargés de chaînes, vers les gouffres de l'enfer — *vers le chaudron qui est*
établi plus bas dans le premier cordon de l'archivolte et que pourlèchent des
formes de flammes... où quelqu'autre satanique bourreau précipite la victime
empoignée d'une main et la plonge, piquée d'une fourche, la tête la première.

» Leurs visages sont si horribles qu'ils font trembler et frémir les
spectateurs.

Bandeau inférieur.

» Devant le Christ — *siégeant de face, à l'extrémité, éternel objet d'intui-*
tion et d'amour, et sereine vision de paix, se trouvent *reposant dans la béatitude*
— les saints apôtres, les patriarches, les prophètes et tous les saints
peints de diverses couleurs et ornés d'or. Cette composition représente
le paradis, qui enchante le regard des hommes. »

Le religieux analyste a observé également : « Au-dessus sont les
images de vingt-huit rois, représentés la couronne en tête ; ils se tiennent
debout sur toute la longueur de la façade. Plus haut encore est la
sainte Vierge, Mère du Seigneur, ornée d'or et de peintures de diverses
couleurs ; à droite et à gauche sont les archanges qui la servent. »

Galeries des Rois
et de la Vierge

Biscornette

Et nous n'avons rien dit encore des ferronneries de Biscornette : les
magnifiques pentures de fer forgé qui recouvrent les épais vantaux de
bois des portes de la Vierge et de sainte Anne, sont rangées parmi les
pièces d'art les plus élégantes de la serrurerie du XIIIe siècle. On ne
saurait vanter assez la forme gracieuse des enroulements de feuillages,
où se jouent des animaux d'espèces variées.

Sur la foi des affirmations moyenâgistes populaires, alors que spontanément l'idée du surnaturel obsédait l'esprit du vulgaire dans ses admi-

rations excessives ou ses terreurs extrêmes conçues en face des prodiges de l'art, la légende conte qu'extasié devant cette merveille d'ouvrage, le peuple crut à l'intervention d'une puissance surhumaine. Ces pièces inimitables seraient l'œuvre du démon qui aurait conclu quelque pacte avec l'ouvrier chargé de les exécuter. Ce diable forgeron, en qui va se transformant facilement le maître ferronnier au masque noir, était connu dans les vieux récits de la cité sous le nom de Biscornet (te); des savants ont fait de lui un artiste, et ce sobriquet a pris place sur plus d'une liste de maîtres du moyen âge.

Tant il est vrai de dire, à la vue des manifestations variées de l'art gothique, que rien n'est demeuré indifférent aux maîtres de nos cathédrales; ils se sont montrés artistes incomparables en toute chose.

Voilà le beau portail de Notre-Dame, ensemble superbe de trois portails, constituant à lui seul en réalité une façade, dont l'unité se révèle jusque dans les moindres profils des moulures, et que le même architecte seul a pu à la fois concevoir et exécuter.

Deuxième étage

Le principal ornement du deuxième étage est la rose centrale, magnifique en sa simple harmonie, à deux rangs d'arcatures, — dont la rose de Montréal (Yonne) montre à la fin du XIIe siècle, le type, de style encore assez simple, devenu d'un usage général au XIIIe siècle : cercle central sur lequel s'appuient des arcatures rayonnantes, aux colonnettes disposées comme les jantes d'une roue.

Pl. X

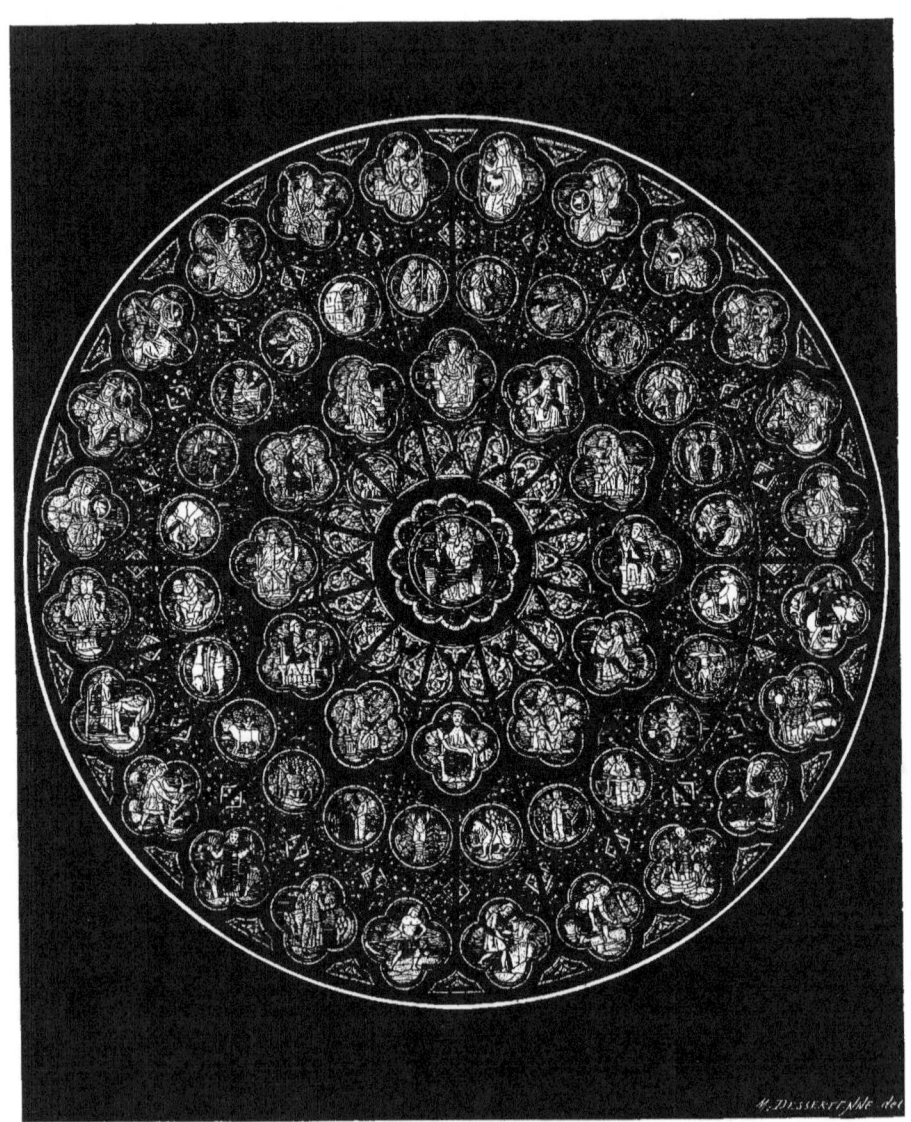

NOTRE-DAME DE PARIS

GRANDE ROSE DE LA FAÇADE (XIIIᵉ SIÈCLE)

Rose

Dans l'art de la *vitre peinte* (1), Paris a ses trois roses, celle de la façade et les deux du transept de Notre-Dame, d'un diamètre de plus de 13 mètres chacune, justement réputées.

Quel visiteur sensible aux démonstrations décoratives de l'art, quand la vue s'épanouit vers ces immenses rosaces polylobées et rayonnées de Notre-Dame, n'a été d'emblée ébloui, enchanté, conquis par la splendeur, l'éclat, l'effet poétique de leurs kaléidoscopiques verrières ? Le soleil y allume les feux des pierreries les plus riches, et projette par la croix, des faisceaux lumineux qui développent en l'atmosphère ambiante des colorations variées harmoniques.

La grande rose de la façade est une mosaïque translucide du XIIIᵉ siècle, d'une magnificence ornementale magique, au bleu fondamental où sont fondus par la cuisson les colorants verts, jaunes et rouges des dessins : encadrements de médaillons, enroulements de feuillages, personnages bibliques et signes du zodiaque miniaturés. On y voit quel souci déjà les maîtres verriers de cette époque, restés remarquablement fidèles au principe de la mosaïque translucide, apportaient à régler les rapports d'irradiation si difficiles à calculer, des couleurs simples.

Et l'immense rosace centrale, qui a été comparée romantiquement au prêtre assisté à ses côtés, du diacre et du sous-diacre, est flanquée de deux fenêtres latérales, couronnées au-dessus du sommet de jonction d'une rose feinte.

---

(1) A propos des verrières, nous citerons aussi la grande rose flamboyante de la Sainte-Chapelle, dont les vitraux sont du XVᵉ siècle. L'artiste dessinateur, si apprécié, Maurice Dessertenne, de Paris, l'auteur du dessin reproduit ci-contre qui est un « véritable travail de chinois », paraîtrait regretter pour le moins que nous omettions de simplement la mentionner à côté des roses de Notre-Dame, dont les vitraux datent de la fin du XIIIᵉ siècle. Toutefois, nous nous permettons de signaler à son attention le passage de l'*Art gothique*, à l'article « le Vitrail », page 388 du chapitre XI « la Décoration » : Louis Gonse y exprime son sentiment sur les verrières de la Sainte-Chapelle de Paris.

Troisième étage

Le troisième étage se compose d'une seconde ou plutôt troisième galerie, qui ceint la base des deux tours et les réunit, — haute d'environ 8 mètres, à colonnettes fort légères, portant des ogives géminées avec trèfles ajourés. Plus haut règne une balustrade couronnée par des statues de monstres et d'animaux, qui s'avancent dans le vide, ou perchent, ou sont accroupis : les *chimères*, immobiles et muettes, les unes en leur attention morte, d'autres en une impassible attente, et toutes « profilant sur le ciel d'étranges et puissantes silhouettes ».

« Haute et frêle galerie d'arcades à trèfle, qui porte une lourde plate-forme sur ses fines colonnettes ».

Les Tours

Le tout se termine par deux grosses tours quadrangulaires, d'une hauteur totale de soixante-huit mètres, percées d'ouvertures géminées hautes de plus de 16 mètres.

Au XIVe siècle, on dut, faute de ressources, laisser certaines tours sans flèche : ce fut le cas pour celles de Notre-Dame de Paris. Même on s'accoutumera dès lors des tours terminées en plate-forme, dont quelques-unes doivent avoir été construites au XIVe et au XVe siècle, sans qu'une flèche seulement y ait été prévue.

Souvenons-nous que l'existence des grandes cathédrales fut l'expression d'un désir national, irrésistible, pendant une période qui est comprise entre les années 1180 et 1240 (soixante ans) : alors la foi procura aux évêques des ressources énormes. Cet empressement à fournir des trésors pour la construction des cathédrales diminua sensiblement dès 1250.

NOTRE-DAME DE PARIS
CHIMÈRE

A la fin du même siècle, celles des vastes constructions qui étaient sorties tardivement de terre, n'arrivèrent point à leur développement; elles s'arrêtèrent tout à coup, ou si elles furent achevées, ce ne fut que par les efforts particuliers d'évêques ou de chapîtres. Des résultats aussi surprenants ne furent obtenus d'ailleurs en ce court espace de temps, que dans le domaine royal, et l'on peut dire que la cathédrale française est née avec le pouvoir monarchique.

Un Jugement

LES XIIᵉ et XIIIᵉ siècles dataient une époque classique dans l'histoire de l'architecture ogivale. La cité féodale débutant à la commune, apparaît comme quelqu'extension personnelle, la propre extension personnelle de l'homme chrétien lui-même.

Effectivement, on y perçoit une âme.

Elle informe un corps avec lequel elle prend contact depuis sa périphérie jusqu'en ses profondeurs, actionnant l'organisme, réglant l'économie, infusant la vie. Mais la vie est politique et le principe est religieux : l'âme de la cité communale était la cathédrale aux gigantesques proportions.

La cathédrale rayonnait au-dessus d'un troupeau de pittoresques toits, par-dessus les grosses tours chaperonnées des enceintes, dans l'étendue concentrique du domaine royal.

Intra muros, par les claires-voies des ruelles aboutissantes, se profilait la silhouette de ses façades qui, sur le pourtour, en tout sens saillaient, et l'image colossale de sa masse surplombait les carrefours.

En évidence sur les hauteurs : crêtes de collines, sur des massifs artificiels dressés à d'historiques emplacements ou près de stations fréquentées, la cathédrale surgissait donc, en territoire monarchique et communal. Palladium chrétien, sauvegarde des villes libres contre les prépondérances féodales !

Autour d'elle, les populations ne cessant d'affluer, s'épandaient : leur excédent retournait se déverser par delà les clôtures, dans les faubourgs.

D'humbles habitations se pressaient, montaient les unes sur les autres, mettaient étage sur étage et s'enveloppaient dans la plénitude de son ombre.

Alors, elle abrite sous ses cloîtres les plus célèbres écoles de l'Europe, institue l'éducation religieuse et littéraire du peuple, originalise un développement dans les arts, qui n'est égalé que par l'antiquité grecque.

Puis, au commerce installant comptoir sur ses soubassements, elle préside; aux festivités publiques organisées sur ses parvis, elle assiste; sur les processions ou les cortèges, elle s'irradie.

La cloche diurnale ou celle du travail qui sonne, tinte dans sa tour, éveille à l'aube la cité et fait chaque soir couvrir les feux, éteindre toute lumière, — commande que l'artisan se remette à la besogne ou bien enjoint de la quitter.

Les voix de ses grandes cloches, appelant les assistances fidèles aux cérémonies fastueuses du culte ou colportant à domicile les nouvelles heureuses ou tristes des familles, bourdonnent, ou de concert cloches, clochettes et bourdons carillonnent, patriotiquement, en les journées historiques.

Cependant, la cathédrale hantait les rêves, épanouissait les yeux, orientait les pas, recueillait les pensées, centralisait les prières, accordait, fondait harmoniquement, sous ses hautes voûtes, les accents de la foi commune populaire.

Sa présence était partout, sa vertu pénétrait tout.

Plus qu'un palladium et plus qu'un monument, la cathédrale fut une âme, l'âme chrétienne de toute la vie politique : publique et privée dans la cité communale.

Ainsi, en son ambiance native, — le milieu où les artisans d'art la finissaient et les architectes la conçurent, — la cathédrale se haussait, se dégageant, ajourant pleinement ses structures : façades et contreforts plantés d'arcs, portant sereinement ses faîtes : voûtes en anse de panier, clocher, surface en cul de four ou flèches, et sur l'immense et varié panorama, sa hauteur dominait rayonnante : on eût dit d'une sorte de monumental candélabre, le candélabre biblique sur lequel il fallait qu'on plaçât « la lumière du monde. »

C'est que doués d'un sens d'appréhension affiné, s'unissant au génie qui enfante, les « architecteurs » du moyen âge, adéquatement saisissaient le Beau, son essence objective immuable, absolue, — et vivement revoyaient ses éléments éternels, universels, épars en les siècles et les choses, de par le monde : parmi les vestiges d'une antiquité créatrice de l'idéal artistique le plus pur, parmi les monuments dont les styles célébraient des époques classiques dans l'histoire des évolutions de l'art.

Puis leur idée engendra une esthétique nouvelle : la cathédrale en fut le chef-d'œuvre typique.

C'est ainsi qu'ils conçurent et fixèrent successivement les notes invariables de la beauté des cathédrales.

Une première note de beauté reçut immédiatement sa réalisation et sa formule : ce fut *l'élévation rayonnante* des cathédrales.

Qu'elle soit réalisée, formée parfaitement ! Avant cela, les « maîtres massons » ne délaisseront point l'équerre et la truelle, ils ne passeront point au Temps leur grand œuvre qui doit, sinon, courir les risques d'être trouvé plus tard défectueux en son aspect, endommagé en sa beauté, chaque jour progressivement et peut-être, à jamais, irréparablement.

Il faut que la cathédrale s'élève et atteigne ses cîmes, qu'elle se dégage pour s'élever, que s'élevant, elle s'ajoure ; il faut qu'à ses sommets, la cathédrale domine et rayonne.

Ce principe s'extériorise dans la vérification des trois conditions suivantes : *la hauteur même de l'édifice, l'éminence de l'emplacement et l'allure du cadre.*

1º En fait, des accidents géologiques abaissèrent la hauteur de la cathédrale de Notre-Dame; le pavé parisien, en travail de son exhaus-

NOTRE-DAME DE PARIS

LA CATHÉDRALE

Pl. XIII

NOTRE-DAME DE PARIS

TYPE D'UNE CATHÉDRALE DU XIIIe SIÈCLE

(d'après Viollet-le-Duc)

sement, nivela, puis excéda les onze marches qui royalisaient l'accès : jadis on montait à Notre-Dame, aujourd'hui l'on y descend.

C'est pourquoi l'on ne cessera jamais de regretter, de plus en plus, l'absence des *flèches* que les massives tours désiraient sur leurs larges plates-formes.

Assurément, le fatal fouissement où le bâtiment lentement se dérobe, laisse indemnes les conceptions mêmes, il ne diminue point les talents. Car les flèches furent prévues, « elles étaient, au moyen âge, la terminaison obligée des tours d'édifices religieux », et nous savons que des empêchements fortuits s'opposèrent à leur construction.

L'existence des flèches eût parachevé alors l'édifice. Leur inexistence est un défaut aujourd'hui.

Leur élancement eût rendu moins sensibles les parts de prise du sol, réussi à alléger encore l'architecture d'une façade qui s'affaisse. Aussi l'œuvre de Notre-Dame est atteinte... à fleur de terre... par la serpe du Temps.

Viollet-le-Duc a délinéé, sur plan perspectif, un type de la cathédrale, au XIIIe siècle, vue à vol d'oiseau. A l'architecture générale comme à chaque membre, il fait produire, à la dernière puissance, son complet développement vers le haut.

La cathédrale est là, tout purement aérienne, d'une élévation sublime, parfaite, rayonnante. Les façades, soit celle antérieure, soit les latérales, se trouvent flanquées chacune de deux tours, et toutes sont pareillement monumentales. Cependant, sur la croisée, les piliers du transept montent soutenir dans les airs une construction plus monumentale encore, le clocher gigantesque.

Or, sur le dessin d'architecture, nous voyons des flèches élancées couronner partout les plans carrés des hauteurs, une forme de forêt en pierre : clocher aigu et clochetons, tours pyramidales et pinacles, pointe de toute part ses sommets en l'infini des ciels.

Là tend visiblement l'effort linéaire du crayon, toute la puissance démonstrative du dessin.

Ainsi, par un retour en sens inverse, l'*a posteriori*, l'archéologue convient-il avec les artisans d'art, pour retrouver et reconstituer l'idéale beauté de la cathédrale, la somme des éléments essentiels de sa splendeur, dans la note une et identique qu'en les préexistences de leur œuvre, eux, ils démêlèrent puis définirent *a priori*.

A des distances réelles incalculées, l'imagination revoit un exemplaire « de pierre vive », achevé en ses hauteurs, tel qu'aux yeux du voyageur il apparut là-bas, par une journée estivale, tout ensoleillé.

C'est l'immense et magnifique cathédrale de Cologne, « prodige de de statique, chef-d'œuvre de hardiesse et de raison », dont l'élévation couronnée l'a fait saluer d'enthousiasme reine des cathédrales, quoiqu'on lui sache deux rivales supérieures.

A une altitude de 19 mètres au-dessus du niveau du Rhin, elle assied sa montagne de pierre, puis elle s'élève, harmonisant sa masse et s'efforce avec élégance vers ses terminaisons.

Déjà elle domine la ville, rayonne au loin, jusqu'aux « Siebengebirge », qui présentent à la vue leurs faîtes alignés.

Mais des flèches élancent encore, à 109^{m}80 au-dessus du sol, la hauteur de la tour centrale sur la croisée, exhaussent encore la stature des énormes tours carrées de la façade qui montent, doublant les angles de leur contour, de plus en plus légères et aériennes, jusqu'à 156 mètres au-dessus du sol : à l'entour gravitent clochetons et pinacles sans nombre.

2°   *L'éminence de l'emplacement*. (1). — Son élévation visible jusques aux lointains, dans la vieille cité communale, mérite qu'on signale

---

(1) « C'est, du reste, un des traits distinctifs des grands édifices que nous ont légués les siècles » chrétiens », observe Montalembert. Lorsqu'il décrit la cathédrale de Sainte-Elisabeth de Marbourg, célébrée comme « le monument non seulement le plus ancien » (au moins pour ses parties essentielles, 1235-1283) « mais aussi le plus pur et le plus complet de l'architecture gothique dans les » pays germaniques », l'hagiographe littéraire marque les extraordinaires avantages de sa *position*, la valeur qu'elle ajoute à l'édifice. Celui-ci « s'élève majestueusement au-dessus de tout ce qui l'avoisine » :

aux physiologistes de l'art, l'église des Saints-Michel-et-Gudule de Bruxelles.

Celle-ci emprunte propicement de l'altitude de son emplacement, une caractéristique de beauté qui concentre sur la perspective de ses parties hautes, l'admiration générale.

Sa façade monumentale constitue un point de vue remarquable.

L'historique collégiale aux deux grosses tours inachevées, se dresse dans la ville supérieure, sur le front du primitif *Molenberg* transfiguré, débaptisé et appelé successivement : colline Saint-Michel, aujourd'hui place Sainte-Gudule.

La hauteur des tours ne s'élève guère qu'à 69 mètres au-dessus des parvis.

Mais les parvis exhaussés, balustrés sur des arêtes vives, sont éminents, et par une baie profonde, accèdent trois étages de perrons, dont les marches, en retrait sur deux paliers dans la largeur des portails, montent au total de 17+9+9.

Ainsi, l'altitude de la colline, l'exhaussement des parvis ou l'éminence des perrons, s'ajoutant à la hauteur des tours concourent à l'élévation sereine de Sainte-Gudule, rayonnante en territoire bruxellois. Plus bas, dévalent en méandres ou bien en zigzag, trois rues aux claires-voies desquelles la façade massive surplombe ou l'arête des dièdres saillit.

La collégiale des Saints-Michel-et-Gudule, à Bruxelles, bénéficie d'une hauteur idéale sur l'altitude de son emplacement.

Et le souvenir évoque, pour sa situation admirable, Saint-Paul de Londres. La cathédrale est en belle vue, sur une colline. A son emplacement historique, cinq églises l'avaient précédée successivement. D'abord, sa grandiose masse se dégage des bâtiments et des magasins surhaussés, qui l'enserrent. Puis, en perspective, ses parties hautes ou ses couronnements : portiques supérieurs, frontons, tours, dôme et lanterne, se profilent, avec imposance, au milieu de la cité.

Ailleurs, — ici, là, — la cathédrale, telles Notre-Dame de Paris, Notre-Dame de Tournai, Notre-Dame d'Anvers, et encore le Dom de Cologne, dédié au chef des apôtres, se retrouve à proximité d'un grand fleuve, la Seine, l'Escaut, le Rhin, coulant en plaine au milieu de ses alluvions, divaguant autour de ses îles sur des pentes trop faibles.

Les origines de son emplacement en ces endroits furent des vestiges historiques; sa création et son élévation, le luxe d'une prospérité et l'apogée d'une puissance, en ces ports fluviaux, centres commerciaux d'échanges.

Ce n'est pas que l'atmosphère des fleuves et des plaines n'enveloppe de poésie ces cathédrales riveraines; mais ces conditions sont extrinsèques et accidentelles à la beauté de la cathédrale.

30   Puis il faut situer la cathédrale dans un décor, à savoir : son ambiance. Alors, elle est aussi bien une réalité que j'épellerais subjective, à cause de ses relations morales avec mon être intime, — mais combien contingente en son existence, combien passive en sa forme, contrairement à cette réalité objective, qui est indépendante de la pensée, immuable et absolue.

Car, il importe pour comprendre... adéquatement la cathédrale, qu'elle ait un *cadre ;* elle exige *son* cadre : celui qui sied, et dont « l'allure s'accorde avec la sienne ».

Présente ainsi devant nos yeux, elle évoque par son architecture symbolique, dans son symbolisme architectural, une image mystique, mais si vivante qu'on la nomme âme, l'âme de nos cathédrales.

Ensuite, sa compréhension fait sourdre l'émotion. Les « maîtres de l'œuvre » possédèrent parfaitement sa spiritualité. Au demeurant, la cathédrale était leur œuvre. Quand ils entreprirent de publier, aussi, sa complète et juste notion, ils la montrèrent à la fois par les deux côtés, que sa nature nous sollicite d'envisager ; non seulement le côté esthétique et motif de la sensation, mais encore le côté que j'appellerai avec Renan, spiritualiste et saint, et... ils lui donnèrent *son cadre.*

56

Puisque la cathédrale était l'âme de leur cité, le principe religieux, immanent et émanent, de toute leur vie; comme vers la cathédrale la vie montait, et hors d'elle dérivait en des flots épurés; ils ne pouvaient concevoir premièrement qu'elle fût isolée sur des places vastes et spacieuses, immenses; ni deuxièmement qu'elle fût enclose, sur les confins de la place des parvis, ceinturée, gardée par des corps de bâtiments sombres, froids, altiers, désolants comme des monuments modernes officiels, fermés les jours fériés des dimanches et des solennités, sans foyer, sans rapport aucun avec l'édifice religieux, historique et mystique : la cathédrale ; digues qui arrêtent les flux, ou brise-lames qui coupent les courants... de la vie... communale... chrétienne.

Sur l'alignement lointain de la rue de la Cité, la préfecture de police regarde dans la longue vue, de front la grande façade de Notre-Dame de Paris.

L'ancien parvis était beaucoup plus étroit.

Sur sa partie méridionale, les anciens bâtiments, qui abritaient au début les pèlerins, servirent au célèbre hôpital de Paris. Leur emplacement est représenté par le jardinet que décore la statue de Charlemagne. L'hôtel-Dieu se retrouve édifié sur la partie septentrionale. Sa construction grandiose, s'étendant jusqu'au quai qui borde le grand bras de la Seine, a modifié complètement l'aspect de la cité.

A Bruxelles, la banque nationale découpe un angle monumental, style Louis XVI librement imité, dans la voie d'accès et sur la place Sainte-Gudule, au nord de la collégiale.

Au fait, — les « architecteurs » mirent la cathédrale en contact, près à près, avec leurs demeures, où s'abritait la vie familiale... à l'ombre de la grande Image tutélaire de la Foi et de l'Espérance chrétiennes, — avec leurs boutiques, où la cité, le faubourg, la campagne commerçaient... dans la vie publique, — avec les centres populaires, des maisons de corporations, où s'animait la vie sociale, pleine d'entrain, — avec les établissements où étaient logés charitablement et hospitalisés les pèlerins, venus aussi et entrés là avec leurs coutumes et leurs idées, — ils mirent la cité communale en correspondance active avec la cathédrale, qui lui envoyait de toute part des effluves de vie, lui donnait la civilisation des nations chrétiennes.

Tant est que, sans nulle entrave la circulation du sang s'effectuait normalement vers le cœur, hors du cœur, par tout le corps.

Voilà quel fut le cadre moyenâgiste de la cathédrale, *vivant, limitrophe,* et c'est son cadre.

L'idée moderne diffère; elle s'écarte de plus en plus de la conception moyenâgiste, et va même jusqu'à la contredire.

Quand ils ont dégagé au large la cathédrale historique, agrémentant d'un jardinet, l'intervalle, à souhait pour le plaisir des yeux : les archéologues, les architectes ou les édiles, qui sont commis pour la restaurer et la conserver, n'ont envisagé, ils tendent à n'envisager plus que le côté esthétique, motif de la sensation.

Quand après l'avoir isolée pour la mettre à l'effet, ils l'ont encadrée, sur les confins des parvis élargis, de bâtiments massifs, étagés, et hauts comme des montagnes de pierre, servant de points de repère pour la comparaison : ils ont assimilé une création à leurs ouvrages de libre... imitation et à un autre *monument* quelconque.

Leur idée a engendré une esthétique nouvelle, qui est incomplète, à l'endroit de la cathédrale, parce que dépourvue de psychologie, et qui fausse la compréhension du spectateur, à son tour inadéquate nécessairement.

Historiquement, la cathédrale fut, jusqu'hier, une entité vitale, pleine de symbolisme.

Mais ils ne l'ont plus admise et comprise ainsi, quand l'évolution, la nécessité leur ont fait modifier de fond en comble, d'après des plans mieux en rapport avec les progrès, ce cadre pittoresque, limitrophe, si vivant.

Mais ils ont tari en nos tréfonds les sources de l'émotion, la spirituelle et sainte émotion, à laquelle ce cadre nous préparait insensiblement, en activant puissamment d'abord notre compréhension, — quand après avoir détruit... tout autour d'elle, ils ne nous ont fait voir en la cathédrale rien de plus que le monument, assurément magnifique et remarquable, vaste et grandiose, correct et fini.

En nos vieux évêchés d'Anvers, de Malines, de Tournai (je cite cette dernière cathédrale pour ses parties gothiques, spécialement à raison de son chœur, si impressionnant d'emblée, qui date du XIIIᵉ siècle les commencements de sa construction), — la cathédrale a conservé son cadre natif plus intègre, et s'est elle-même conservée mieux, au sens subjectif, dans son ambiance, son atmosphère : elle s'y retrouve par un fouillis de rues étroites, — là, bordée de marchés, confinant à un ancien cimetière, touchant à une grand'place triangulaire,... au centre des parties pittoresques de la primitive cité. (1)

Qu'au nom du progrès, les mandataires de l'art architectural exigent une restauration des éléments du cadre, suivant le plan des originaux, puis entreprennent des restaurations similaires à celles exécutées dans telle des cités-sœurs flamandes, devenue sol classique : à leur aise ! Mais que sous aucun prétexte, pour nul besoin : soit la nécessité, soit l'évolution, ils ne déforment ce cadre au point de le rendre méconnais-

---

(1) « Ici, tout était combiné pour augmenter l'impression que produit la cathédrale : les marches qui formaient comme un piédestal à la tour méridionale et descendaient vers la rivière, l'immense palais de l'évêché, construit par Maurice de Sully, mille dépendances pittoresques, un cloître somptueux, une place étroite, des maisons rapprochées qui faisaient paraître plus immense le colosse de pierre, les sculptures des portails s'enlevant sur un fond d'or, que sais-je encore? Aujourd'hui, tout cela a disparu. La grève est remplacée par un quai banal, la place du Parvis avec sa vieille fontaine et toutes ses maisons à pignons, par une grande place vide, bordée par un hôpital et des casernes ; les portes ont perdu leurs dorures. Progrès des temps ! Je ne saurais, en vérité, protester avec trop d'énergie contre cette manie qu'ont les édiles actuels d'isoler nos vieilles cathédrales et de les priver ainsi des repoussoirs qui en faisaient mieux sentir toute la grandeur. L'effet que produit la cathédrale de Rouen tient pour beaucoup à l'entourage pittoresque d'anciennes constructions au milieu desquelles elle est comme enchevêtrée. »

L'auteur de l'ART GOTHIQUE.

sable, ils ne le dénaturent, ils ne le suppriment! L'art mandate pour veiller, eux aussi, à nos cathédrales... les psychologues.

Pierre Loti vit surgir, sur sa route vers Ispahan, dans la plaine déserte de Merdacht, des colosses de monuments privés de vie, évacués pour jamais par la souveraine puissance qui les occupa. Quelle image Persépolis évoqua-t-elle à l'esprit, et quel langage intérieur parla-t-elle au cœur du voyageur intrépide, en la solitude et le silence du désert!

Tel des monuments, de la capitale belge, le plus fameux du XIXe siècle, ne rappelle-t-il pas par ses énormes masses de pierre les constructions de l'Assyrie, prises d'ailleurs pour modèles sous ce rapport ?

L'isolement, sur d'immenses places, lui sied et l'on fait bien d'étendre le désert à l'entour.

Pareille à l'oiseau sacré, séculaire, de Phénicie, où se réfugiera l'âme de nos cathédrales?

De proche en proche : elle s'accrochera aux gargouilles, montera sur les arcs boutants, et dans la forêt en pierre, s'élancera sur les tours, gagnera le clocher, et puis, quand elle verra le désert, elle prendra son vol...

Oh! retenons-la dans *nos* cathédrales. Elles seraient froides... comme un Panthéon!

Enfin, Notre-Dame a été magnifiée et apothéosée par le romantisme.

Mais assurément, mieux que les hyperboles de l'imagination, l'analyse annotant soigneusement les merveilles de pierre et les impressions d'âme, pouvait édifier notre jugement.

Au jugement qu'elle établit, elle nous fit communier par la crainte, le regret. Elle nous fit communier aussi par l'émotion, l'admiration à la compréhension des mérites artistiques d'un monument imposant de l'architecture, couronné en d'immortels spécimens, d'ouvrages de sculpture, de ciselure ...inégalés, — d'une des plus parfaites et significatives productions du grand art gothique français.

Néanmoins, quand il se redresse maintenant de son application à une étude analytique et au travail du jugement, l'esprit est ravi par l'imagination qui le transporte devant l'œuvre admirable, il s'exalte dans l'envolée de la page littéraire qui célébra, en un dithyrambe, l'artifice des concepts de la « page architecturale » qu'est la façade de Notre-Dame : « Parties harmonieuses superposées en étages gigantesques qui, dans un tout magnifique, se développent à l'œil en foule et sans trouble, avec leurs innombrables détails de statuaire, de sculpture, de ciselure, ralliés puissamment à la tranquille grandeur de l'ensemble », et « vaste symphonie en pierre, pour ainsi dire : œuvre colossale d'un homme et d'un peuple, tout ensemble une et complexe comme les Iliades et les romanceros dont elle est sœur; produit prodigieux de la cotisation de toutes les forces d'une époque, où sur chaque pierre on voit saillir en cent façons la fantaisie de l'ouvrier discipliné par le génie de l'artiste; sorte de création humaine en un mot, puissante et féconde comme la création divine, dont elle semble avoir dérobé le double caractère : variété, éternité ».

30 décembre 1905.

TABLE DES MATIÈRES

PLANCHES

www.ingramcontent.com/pod-product-compliance
Lightning Source LLC
Chambersburg PA
CBHW060806180626
46818CB00002B/722